詩集

残照・その後

Hazama Kyouko

硲　杏子

土曜美術社出版販売

詩集　残照・その後＊目次

永訣まで　6
如月の譜　10
残照　16
影絵　20
漂流記　24
秘儀　28
幻月　32
月蝕　36
射抜かれて　40
報告　44
紙魚　48
残照・その後　52
玄冬　56
幻夜行　60
挽歌　64

山姥記　68
藤棚の向こうで　74
水無月　78
無描処　82
独り飯　86
道連れ　90
さみしい貝　94
熟れる　98
きぬさやの　102
瀬織津姫　106
絶唱　110
はる　114

あとがき　116
著者略歴　118

カバー・扉・本文挿画／小林恒岳

詩集　残照・その後

永訣まで

（死は長い生の中の中継点に過ぎない）と
古代ケルト人は語っている
死　は残酷な終わりではなく
新しい　生　への扉である　と

いずれあなたも私もあの森の中の土となり
今日の続きを生きることになる

選んだ樹は石楠花だから
初夏になればきっとピンクの花冠を開いて
風の歌を唄うだろう
蜜を求めて
虫や小鳥も集まってくるだろう

そのようにして私たちは黄泉の花ともなり
永遠の命の依代となるだろう
記憶はいずれ人の心をはなれ
時の中に消えてゆくのだから

せめて今日一日を心して噛みしめて
噛みしめてかみしめて
共に息づいていることの至福を

味わい尽くしたいと思うのだ

もうじき私より先に逝ってしまう人と
こうして　今　という光の中で見つめあいながら
魂の不滅を信じて
全宇宙に同化したいと思うのだ

過去も未来もない
今　という現在時だけに生きたという
ホピ・インディアンのように
一回一回が閉じられてそれが連続してゆくのならば
どうして死を恐れることがあるだろう

意識が消滅するその時は

時間もまた扉を開けて
共にすり抜けてゆくのだから

如月の譜

なにも書くことがない
白い日記の一頁を閉じて
ふと　窓外に目を向ける
と　そこには
意外と明るい冬空が
天の皮膚のように広がっていて
放射状に延びた山桜の枝が
毛細血管のようになじんでいる

たぶん　小さな芽が並んでじっと
春の訪れを待っていることだろう
刻々と脈打ちながら
森も世界も
生きているのだと感じた

もう新しい物語は生まれないのだから
何も期待しないこと
そしてそれに慣れること
覚悟をも密かに予習すること
そんな日々が長く続いているので
春を待つ草木の喜びに触れて
胸の奥の小さなつぼみが

少し疼いた

部屋の片隅のベッドには
終末期を生きるキミの
小さな息遣いが聞こえる
早朝

残雪を踏んで庭に下り立つと
藪椿が今を盛りと咲いていて
梅の花も三分咲き
クリスマスローズの蕾も膨らんでいる

表土は大方冬のままだが
土中では出番を待つ草木たちが

根っ子を絡ませながら光を求めて
我先にと戦っているはず
限られた地上で生き抜くのは
難儀なことなのだ

境界を越えて蔓延る
テロリスト集団のような篠や葛の類
我が花園を荒らしまくる狂暴な
奴らを殺すのが私の仕事
だから武器を持つ
私の手はいつも土で汚れている

私が支配している
私の領土

そこには夢を託した沢山の
種や球根が植えこまれているので
これからが本当の戦場なのだ

思い切って剪定した薔薇の枝にも
ほんのりと紅い芽がたくさん付いて
これから生まれようとする命たちの
予感で庭は溢れている

宿り木に再生を祈念するという
欧州民族の風習を思い出し
香しい蠟梅を一枝
手折って
寝たきり動けないキミの枕辺に

そっと　置いてみよう

地上に生きる限りある生命を
差配しているのが天の園丁ならば
その手はきっと
もっともっと罪深く
汚れているのかもしれない

残照

描けば描くほどに
濁ってゆく画面の山肌
よじれうなだれる前景の裸木

こうしている間にも刻々と
変容してゆくけじめない風景を
すべて線で括ろうと画家(かれ)の手は忙しい

窓外には冷たい風が吹き
しきりに揺れている樹木

さらに色を重ね　輪郭を消して
また新しい線を起こしてゆく日々の連なり
そのたびに遠近は錯綜し
重ねた色相が貧血してゆく
それを見てけらけらと嗤う
目の前の樹や雲
画家（かれ）は今日も不機嫌に筆を洗う
あたりはまだ暮れ残る初冬の山郷
空は赤紫の腐肉色に染まって
世界の異変を伝えている

苛立つ画家(かれ)は突如立ち上がり
一気にその空を漆黒の闇に塗りつぶした
すると　待っていたかのように
画面全体が活き活きと甦り
瀕死の山肌までが
へんに生なまと輝き始めた

その時　画家(かれ)はもう不在である
精根を喰らい尽くした虚構が
まるで生き物のように顕ち上がり
とうに過ぎ去った
ある懐かしい光景として
凜としてそこに現前する
『残照』という題の　一枚の絵

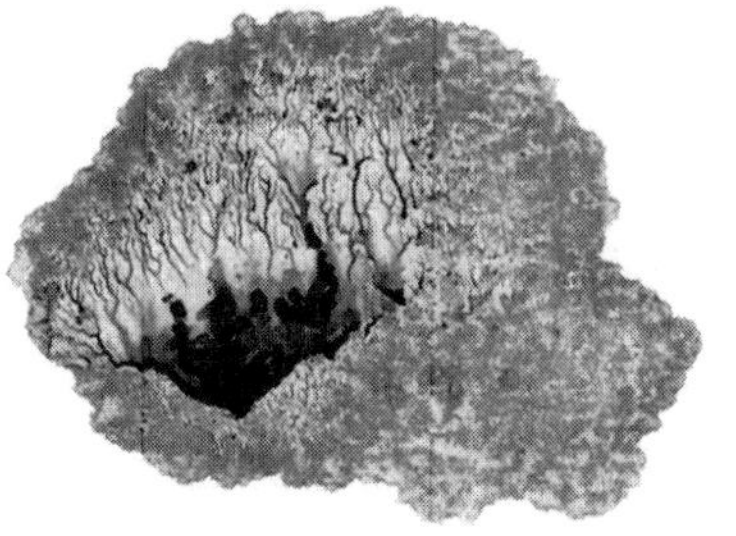

影絵

スーパームーンが訪れるという前日
寝たきりのキミの枕辺で私は言った
「あすの夜はテラスに出て
二人並んで月見をしようね」と
そしたらキミは
久々に微笑んで
か細い声で「うん」と頷いた

その小さな約束は
重たい雨雲に遮られて消滅したが
思いの中で描いた一枚の絵は
長く伸びた二人の影絵となって残った

次にスーパームーンが訪れるのは
たしか六十四年後とかいうことだが

もしその日が晴れであったら
私たちは大きな満月の光となって
この森を照らしていることだろう
果たせなかった小さな約束を
生きてあった日の証を
長いながい影絵として

地上に描くために

思いの中でならば
どんな絵でも描けるものなのだ

私たちは
大いなるものの大いなる
思いによって生まれた実在の
未完の影絵のようなものなのだから

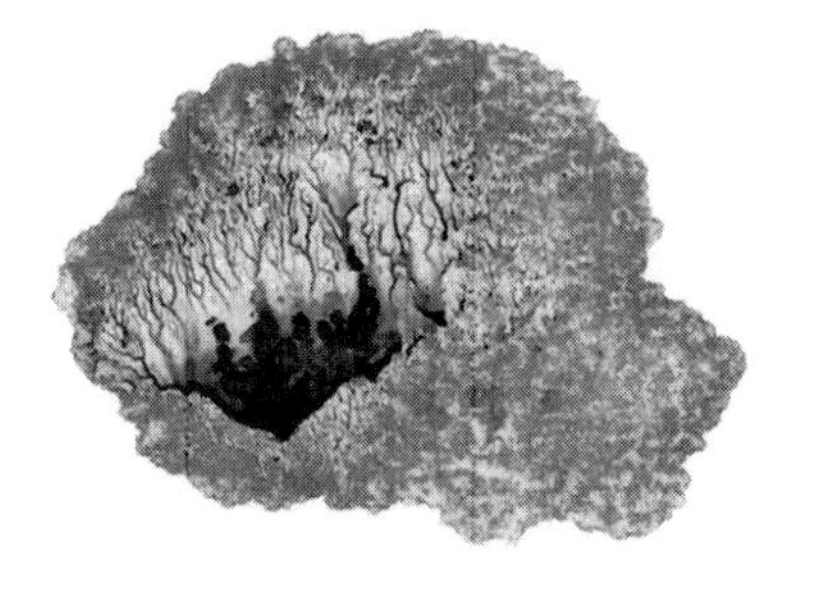

漂流記

その椅子を
じっと凝視していると
虚しさと哀しみが渦巻いて
どっと涙があふれてくる

その椅子は
長年彼が座って
食事をしたり　酒盛りをしたり

新聞を読んだり　テレビを見たりしていた
彼の存在そのものだった

その椅子に
再び彼が座ることはもうないのだ
生きながら戻れないのだと思うとたまらなくなり
誰もいないのを幸いに
大声で幼子のように慟哭する
泣くだけ泣いてみると
脱力して少しは楽になるのだった

毎朝　その主不在の椅子の前に
庭に咲く季節の花など飾って
いないと知りながら私は喋る

声に出していつものように
他愛ない会話をあえて試みる
つまりそれはモノローグに過ぎないのだけれど

鬱屈した出口のない懊悩は
声にして発し
またこの耳に取り込む
すると流れる水の声が溜まった悪露を
遠い普遍の大海に押し出してくれるようなのだ

でも近頃は
一度医療船に乗せられてしまったらもう
降りることはできないのだ
管を巻きつけられ

クラゲのように
ただ人工的に生かされているだけの生体となり
いくら尊厳死を望んで用心していても
それは叶わぬ贅沢なのだ

沈んでゆく夕陽の残光を
まともに受けながら車を走らせ
病院から
誰もいない山家へと
帰ってくる日が続いている

秘儀

テラスの椅子にもたれてじっと
散りゆく花を眺めていた彼を
カーテンの陰からそっと覗きながら
「多分　これが最後の桜になるだろう」と思った
去年の春

山林を拓いて造園した庭に
自ら手植えして三十年余

枝垂れ桜は立派な庭の主となったが
テラスにはあの日のままに椅子だけが残って
ポツンと花びらを乗せている

今年は十日も早く咲いて散って
早くも新緑の季節が訪れている

いずれは樹木葬に収めるが
骨壺はまだ手元にある

むせかえる青葉の季節
胸苦しいまでの寂しさに
恐る恐る白い骨灰を少しつまんで

舌の上に乗せると
ザラッとしたほろ苦い舌触りがした

一欠けらを桜の根方に埋めて
後の一欠けらを
愛してやまなかった霞ヶ浦に流して
自然への回帰を祈った

鏡を覗くと何がなし
私の顔の中に彼の顔が見える
長い歳月を共に生きた証だろうか
入り組んだこころがこんがらかって
もう解きようがない

ふーっと風が吹くたびに
胸の虚ろが笛のように鳴って
白い骨の歌を唄っているようだ

幻月

失ってみて　やっと気づいたのだ
共に生きた他愛のない日常こそが
人生という物語の果肉
今は　遺された一粒の種の侘しさで
しきりに過ぎた時空を引き上げている

記憶にも残らない折々の
暮らしの断片やその蓄積が

たまらなくいとおしくなるこの頃

そして　思い出す懐かしい人々は
およそすでに遠景に去り
アルバムにも残らないそれらの声や匂いや
ふとしたさりげない表情などが
しきりに浮かんでは消えてゆくのだった

それは　広大な宇宙の片隅の
小さな小さな断片にしかすぎないが
そうしたかけがえのない出会いと別れが
永遠に続く織物のように綾なして
その時々をつなぎながら
泣いたり笑ったりして流れてきた

けれども　そのようにして
共に歩いていた時にはついぞ気づかなかった
私たちは時には別々のまなざしで
異なる夢を
見たりしていたのではなかったかと

描き残された大作
「湖上幻月」をじっと見つめていると
その時の孤高な精神が
どんなに深いものであったかがわかるのだ

それでも晴れの日
里山の頂に満月が昇ると

どちらからともなくテラスに並んで
だまって天空を　見上げていたのだった

月蝕

今は爪ほどに光っているが
もうじき月は地球の影になる
影になって月は
夜空に浮かぶ赤黒い腐卵となる

刻一刻と移ろう天空のドラマを
今夜　あなたも眺めているだろうか
あの山脈の向こう側で

わたしを詩人にしたのは
あなただ
突如向こう側から吹いてきて
わたしの空虚に棲みついてしまった
風のような異邦人だった

けして一つにはなれない運命の出会いだったから
どうしようもない心の乱れを
火照る胸の懊悩を
埋めきれない溝を
満たそうとして沢山の言葉を吐いた
吐いてはいて吐きまくった
けれど言葉たちは

いつもわたしを裏切って
もとの源に還ろうとしたから
ますます心はうつろになり
更に多くの言葉を吐き紡ぎながら
一つの珠になれる日を懇願した

いつしか空虚な體はあなたでいっぱいになり
詩の私生児を　柘榴のように産み続けながら
わたしはわたしを見失っていった

それから歳月は流れて
お互いに別々の軌道を巡っていたのだが
今夜　この月蝕を見ていると
虚実の皮膜を破って産まれた詩こそ

真なる実在の影であり
言霊の贄なる明け暮れであったのだ　と

射抜かれて

あるとき　ふと
彼方から見つめられていると
思うことはないか
その眼に鋭く
暴かれていると
思うことはないか

震えるわたしを

管のように通過して
もっと深い
闇の底まで見透かしているような
霜月三夜の月の光

鎌のように鋭いその月の眼差しは
罪深い心の沼を照らし
懶惰な日常の藪を刈りこむので
生贄の羊のように動けなくなる

今此処にこうして息づいて
在ることさえもが疑わしくなる夜

だからなんとか明るもうとして

はやる情動が蠢くのだ

けして開けてはならないと
自らに誓った扉を
こじ開けてみたくなる衝動に
突き動かされて身を捩るとき
ほそほそと芽生えてくるロゴス

自身の命と引き換えにしても
産み残したい
その声が聴きたい
一魂の詩

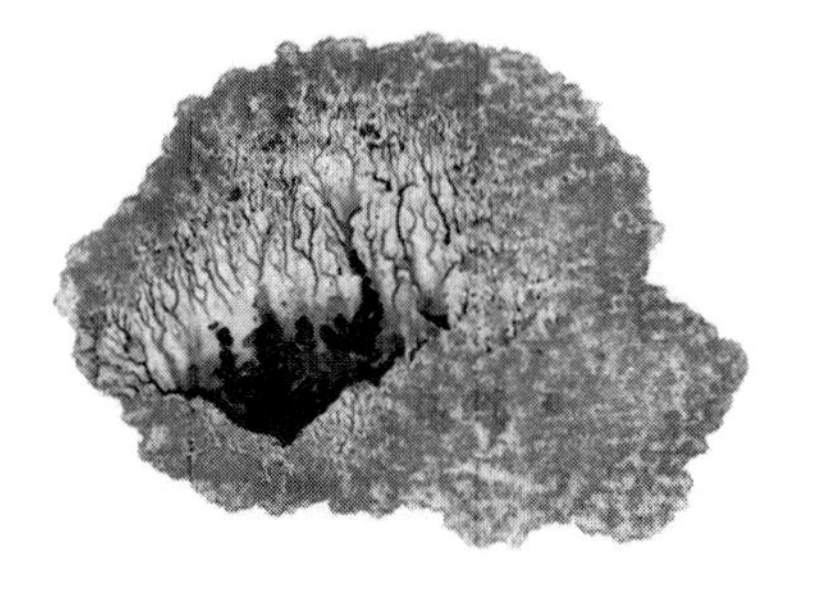

報告

ついに生まれました
夢にまで見たあの
国蝶のオオムラサキが
この夏　吾が山庭に舞っていたのです
しかもつがいで幾組か
ひらひらと大ぶりの虹色の羽根を広げ
花のように
そう　まるでプシュケーの訪れのように

オオムラサキの一生は
榎の葉に産み付けられた卵からしか生まれないという
そのいわれを信じたキミが
十年も前に手植えしたその苗木が育って
豊かに枝葉を広げていたのでした
ついに夢は叶ったのです！

あんなに待っていたのに
キミが逝ってから現れるなんて
しかもアトリエの扉の前まで飛んできたというのに……

いない　と知りながら
それでも空に向かって叫んでみる

「オオムラサキが生まれたのよ！」
「夢が叶ったのよ！」　と

人が去っても自然は残る
盆地を貫く白いフルーツラインを
思い出す懐かしい人々はみな
列をなして遠ざかってゆく
ワタシは独り残された……

それでも季節は移ろう
朱夏から白秋へと
何事もなかったように

やがてはワタシもいなくなる

この大きな巡りの中で思い切り鮮やかに
鮮やかなため息を吐く

紙魚

画家(かれ)の居なくなったアトリエを片付けていると
ガラクタとばかり思っていた棚の中から
とんでもないものが飛び出してくる

それらは
置き忘れられた完成品のほかに
今にも飛び立ちそうな姿の
瞳のない鳥であったり

芯のない花々であったり
鰭のない魚であったり
あとほんの少しで息づきそうな
つまりは　未完成な作品たちであった

あと一筆を
あとほんの一息を
今でも待って居るような
その不遇な作品たちを見ていると
口惜しさが湧き募ってくる

長いこと一緒に暮らしていながら
私の全く知らない作品もあって
その時　その当座

自分はいったい何をしていたか　思い出せない
ただひたすら自由に羽ばたきたくて
天窓ばかり見ていたような気がする

人生の大方を構成する
記憶にも残らない暮らしの中で
積み上げてきた膨大な日常の頁の
束になった重圧を
その湿った暗闇を好んで食べながら
ひっそりと生き延びているイキモノ

たぶんいるのだ
そんな白い虫たちが

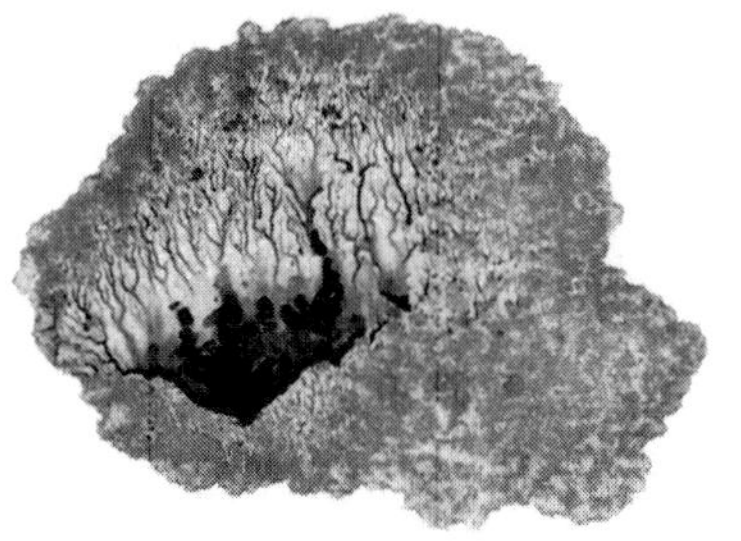

残照・その後

「その時　画家（かれ）はもう不在である」と
詩に書いてから二十年にはなる現在
その時　私が見ていた彼の不在が
まさしく現実となった

一点の作品に命を与えるために削った精根が
紙に乗り移って
今も生き生きと一つの世界を

現実よりも鮮やかに顕示している
『残照』という遺作

散乱する絵の具皿の中で
描いては消し　描いては消し　また塗り
呻吟の日々が続いていたあの日々

残照　というのは
日が沈んでも空がまだ明るく暮れ残ることだから
彼の描く空は淡い輝きで
山の木々は暗く沈んでいたのだった
けれど　彼の描きたかったのは空ではなく
山肌であり木々の変容であったのだ

重たい逡巡の末
彼は一気に空を黒く塗りつぶした
すると不思議や前景の木々や山肌が息づいて
まさしく残照の歌を唄いだしたのだった

そんな彼の姿を　後方から眺めながら
私が見ていたものは
描く者と　描かれる物との相克であった

時をこえ
タブローとして作品は残っても
いずれ描いた当人は滅びることを　その時
この目は残酷にも予感していたのだった

そして　その通りとなった今
まさしく晩秋の山里に
独り　暮れ残った私は
過ぎた日々を
必死に描き直そうとしている

玄冬

嵐は　去った
わたしという一本の樹の
全てを食らい尽くし
空洞にして　吹きすぎていった

もう立ち上がる気力もない
がらんどうになってしまった心には
殺風景な冬景色がふさわしい

一葉も残っていない細い枝えだを
容赦なく寒風が吹き抜けてゆく

朝の目覚めが怖い
今日も一日
わたしだけの時間が襲ってくる
誰のためでもない
自分だけの自由が恐ろしい
あんなに欲しかった解放が
こんなにも虚しいとは

ぼんやりと　ただぼんやりと
今日も一日蚕になって

過ぎた日の事ばかり考えている

それでも夢の中では忙しなく
コメを研いだり葉を刻んだり
山ほどの汚れた食器の山に
ため息をついていたりする

わたしという一本の樹を
立たせていたのは
愛　という名の関係であり
関係が生み出した
命の連鎖だったのだと気づく

何物をも産み出さず　育てもしない

白い不妊の時空が
雪のように降り積もってゆく

幻夜行

水面に堕ちた月を
生臭い夜風がゆすっている
砕けた金色のさざ波を
滑るように渉ってゆく
見知らぬ黒い水鳥たち
そっと声に出して
あの鳥の名を呼んでみたい
夜にしか現れない　あの幻の鳥の群れ

多分　呼べば即座に消えてしまうだろう
その不吉な鳥たち

水葵や河骨や蒲が咲いているから
夏の盛りであろう
葦の茂みから密かに覗いている
あのいくつもの目のようなものは
河蛍だろうか
いえ　名付けられることもなく流された
幾万の水子たちの
霊魂の明滅かもしれない

すべてを水に流して済ませてきた

我々文明人の
いえ　私自身の狭さの表れとして
くさい水が溜まってしまったのだ

それは一枚の絵　にしかすぎないが
じっと見つめていると
生きていることの悲しみが揺さぶられてくる
生きた時代の不条理が
地獄絵として
逃れがたく迫ってくる

明るい日中
ただ岸辺に立って眺めている
旅者の目には決して見えない

病んだ湖の本当の姿を
あらん限りの技を駆使して
描き切った　その彼は
もうほんとうの闇の水底に沈んでいる

挽歌

この夏は　地球に異変が起こったような
強烈な猛暑が続きました
独り暮らしの老人が　熱中症にやられて
たくさん死んでゆきました

それでもあなたが植えた沙羅の木は
今年も白く神秘的な花を咲かせ
窓から　主不在のアトリエを覗いていました

その日ごとの思いを包んで
夕べには　地に落ちてゆきました
そして　白木槿も同じように
咲いて散って土にかえりました
けれど　残されたわたしには包むものがなく
虚しさばかりがぼうぼうと広がってゆくばかりです

ぽっかりと空いてしまった穴は
底知れぬ深さになり
覗くたびに引きずり込まれそうになります
不在の　なんという鮮やかさでしょう

日に　幾たびも声に出して
いないあなたを　いないと知りながら呼びます

わたしはまだ声の出る一管の　寂しい笛のようです

思えば　常に前衛を
自覚して生きようとしたあなたが
次第に自然の神秘にのめりこみ
湖や魚や葦や水草や鳥や森や樹木や
日光月光を描きながらその作品の中に
あらん限りの命を注ぎ　ついに息絶えていった
その情熱　その熱量だけは今も
見る者の目をとおして魂に及びます

ついに帰ってきて座ることのなかった
あなたの椅子
あなたの日常そのものであったその場所

今わたしは　その椅子に座って
こうして宛てのない風のような
手紙を書いています

山姥記

チョットダケサミシイカ？
チョットダケサミシイカ？
この日ごろ　森の中で
しきりに語りかけてくる鳥の声
すかさずわたしも啼いて答える
トッテモトッテモサミシイヨ
トッテモトッテモネ

人間とはしばらく会話してないので
耳がすごく敏感になり
突然風が森の木をざわつかせると
誰なの？　と思わず声が出てくる
何だか賢治さんに似てきたみたいだな

この頃は
気が付くといつも空を見上げている
親しい者たちがつぎつぎと他界してゆくので
地上よりは天空の方が親しい

光る航空標識のある山頂の
広い空を跳ぶ外国便も近頃はほとんど見ない
多分　今死んだら

娘に骨を拾ってもらうことはできない
コロナ禍が大きく世界を変えようとしている

やっと梅雨が明けて
ついに緑獣季に突入したので
山野は緑の言葉で埋め尽くされている
窓から眺める空も年ごとに狭まり
空しさも少し変化して
懐かしさの方が膨らんできたようだ

ぼんやり山庭を見ていると
今年もオオムラサキが飛んできて舞い降り
私のそばで美しい羽を広げた
また会いに来てくれたのね！

語りかけると　なんと指先に止まり
渦巻きのゼラチン状の管でひとしきり
指の汗をなめてからひらりと去っていった
耳をすますと
聴こえてくるのは
人間の言葉とは違うコトバばかりだ
ツクヅクオシイツクヅクオシイ
ツクヅクオシイツクヅクオシイ

本当につくづく惜しい今生の別れだった
今頃は完全に土になって
常陸の森の一部になっているはずだ
もうすぐ私も追いかけてそこに収まる

山川草木　草木虫魚　地水火風
みんなそれぞれに呼吸しあって
光をあびて共生している存在世界だ
そしてウイルスも
忘れたころ暗闇から現れて参加してくる

ケッキョク　ケッキョク
キョキョキョキョキョキョ
ケッキョク　ケッキョク
キョキョキョキョキョキョ

ほととぎすが
夏の訪れを告げている

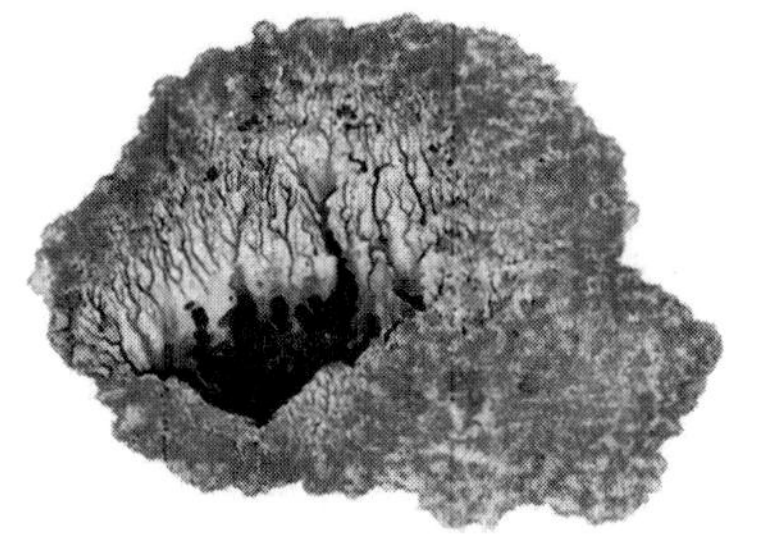

藤棚の向こうで

藤棚の向こうで
此方を見て笑っている人がいる
風が吹いていてとてもいい匂いがするので

そちらはどんなところですか
花は咲いていますか

はや五年目になるのね

あなたが逝ってから
時間は見えないけれど
藤の花房を見ていると
時の流れがはっきりとわかる

死を予感した春に
植えた花苗
不死を祈って植えたその藤
年ごとに増えて豊かさを増す
薄紫の花房揺れて

風に吹かれ独り佇んでいると
どこか遠くに
連れてゆかれそうな気がする

聖五月
新緑から
緑獣へと化してゆく森の中で
大きく息を吸って吐いてみると
不確かな命の鼓動が聴こえる

あまりにも明暗が鮮やかすぎる
この季節
まぶし過ぎて
ここからは暗闇が見えない

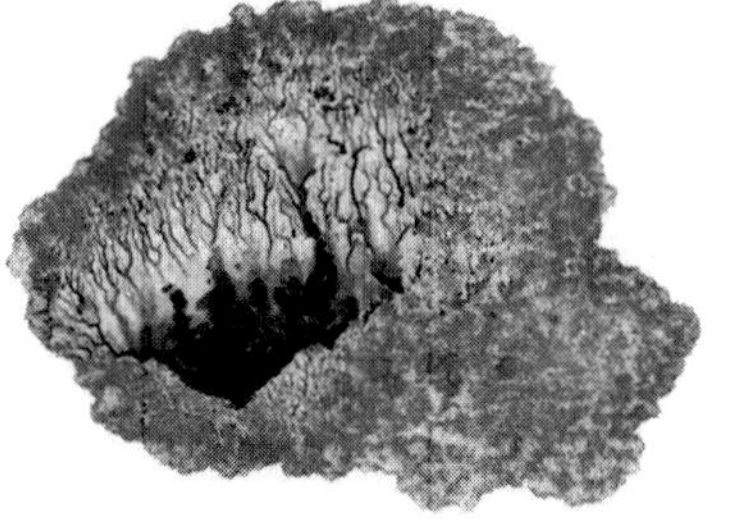

x.

水無月

（紫陽花に緑雨降りしくこの日ごろ思うは廃炉の水のゆく末）

掬ってもすくっても
この手から指から
零れ落ちてゆく
水よ時よ

餓え渇いた獣のようにさまよい

やっと見つけた泉なのに
その水は汚染されているがゆえに
巨大な器に閉じ込められ
大海への旅は拒絶された

それでも日夜休みなく溢れ来る水よ
時もまた同じように留まることを知らない

生体は通過されるたびに
痛む管　捩れた水桶
立ちすくむ廃炉のようだ

声をあげて
身体を絞って

思い切り声をあげねばならぬ
堕ちてゆく今がその時

いずれは火の洗礼を受け
白い骨となるときまで
あの暗闇の水のことは忘れられず
虚しい祈りの思いは水のように溢れてやまない

厭離穢土
欣求浄土

それでも水の旅は終わらない
どんなに地球ごと病んでいても
溢れる水はやがて気化して

何処か遠くへ行こうとする
意志そのものだから

無描処

山積みの反古を散乱させたまま
彼は去った
命と引き換えたはずの作品たちを
更に光らせ　後の世に刻み込み
永久をゆめみることを引き継いだ以上は
たとえ半出来にしても
無下には出来ない

嵐の後の沢のように
がれきに打ち流されそうな日々が
まだ続いている

表現者が代を重ねた家系には
隠れた暗い納戸があって
その最も暗いところに
溜まったままの執念が
住み着いているようなのだ

今も私は反古の紙魚穴の迷路を
たどたどしくまさぐり続けている
果たして見えているところが

本当に表なのか　否
消したところが真実なのか
当人にしかわからない秘密があるはず

でも　見えているものは儚い
あの日　あんなに輝いていたはずのモノたちの
本当の声が聴こえない

存在は器だ
常に何かが入れ替わってゆく
意識の眼球には
現在だけが照り映えている

「描かれざるところを見よ！」と

画聖　小川芋銭が呟いている

独り飯

何のために　とは
もう　問わないことにしました

いずれみんな　いつかは居なくなります
今はどんなにややこしい人間関係も
やがて解消します

誰もが持ち合わせた生涯という物語にも

賞味期限があって
時間　という見えない巨獣が
悪びれもなく消化してくれます

今　この位置にいて
こうして息づいている限り
必ず食べられてしまいます
時間もまた
生き物のようです
だから生き物の習いとして
生きてるものを生きたまま食べるのでしょうか

ぴちぴちと跳ねる白魚を
酢味噌で食べるのが好きです

生卵かけご飯も好きです
でも　独りで食べる食事ほど
味気ないものはありません

やるかたなく思い出をゆすっていると
遠い道のりを昨日のようにやってきて
すでに居ないはずの人たちが
いろいろな話をしてゆきます

また夢の中の日常では
思いがけないドラマが錯綜するので
はっと跳び起きて
溜息をつくことがあります

今日も独り
飯を食べています

道連れ

夢の野面に
ふわふわと浮かんでいた
あの白いものは
人の顔のように見えたが
目も鼻もないのっぺらぼうだった

だれかぇー　と
声をかけると

わたし　だと答える

わたしも何かそんな気がして向き合ってみると
不思議に懐かしい気分になって
重なって一緒に歩いてみた

生まれる前のわたしか
死んだ後のわたしか
どちらか？　と訊いてみたが
どちらでもないという
今のわたし自身だというのだ

困り果てて
ところで何処へゆくのか尋ねたが

おまえさんのゆくところ　だという

何が好きなのか　さらに問うと
わたしの空虚なこころが
たまらなく好きだと答えた

その日から二人は
先になったり後になったりして
ずーっと一緒に歩いている

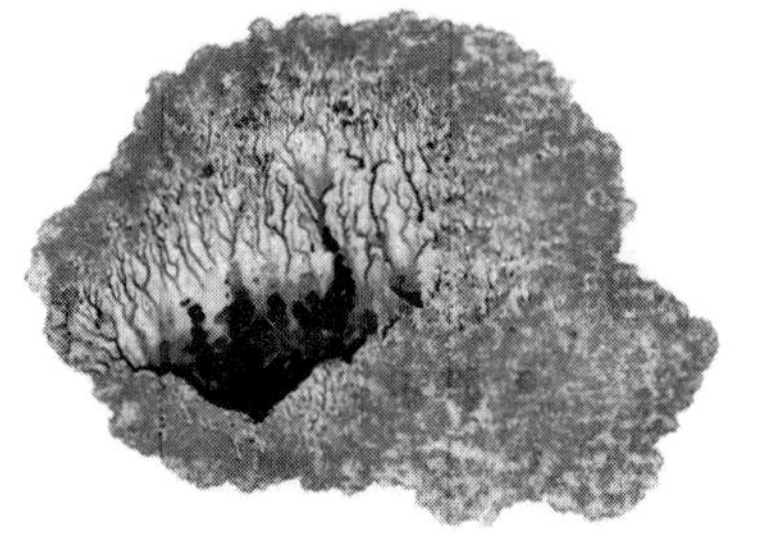

さみしい貝

形は巻貝なのに
本体が解らないほど他人の衣を借りて
粉飾を繰り返しながら成長するという
ヘンな貝がある

つまり体中が穴だらけで
その穴から粘液を出して
気に入った他者を吸い着けてしまうらしい

見かけは
貴婦人の帽子のように見えるが

その貝と出遭ったのは
遠い或る日
独りで出かけた陶器市でのことだった
広場の片隅に出店していた貝屋さんには
沢山の南洋の貝殻たちが並んでいて
そのきらびやかさに瞠目した

虹貝　桜貝　金色の扇貝　巨大なほら貝
繊細な縞目模様の色とりどりの貝に混じって
一際ヘンテコな形をしたその貝に
目が釘付けになったのだった

その日　陶器は買わずに
ヘンテコな貝と　他にも
沢山の奇麗な貝を買って
帰って窓辺に飾った

早速図鑑で調べてみたら　それは
「クマサカ貝」というしごく平凡な名前だった
私が求めたのには
小さな巻貝がぎっしりついていたが
もっと獰猛な感じの奴もあって
好みは貝もそれぞれなのかしらと思った

やがて歳月の果てに風化して

その貝の螺旋には
沢山の穴が開いてしまった
もう　埋め合わせる粘液もなく
空虚そのものを
持て余しているようなその貝に
「さみしいかい?」と
問いかけてみる

熟れる

爪先で
すーすーと熟れた桃の実の皮を剝いている
なんにも良いことの無い夕暮れ時

空には三日月が掛かり
そのとがった先には
宵の明星が糸を引いて下がっている

残照に染まった雲が
うっすらと輝き
山並みの向こうが
意味ありげに光っている

見えている限りの風景から
自分自身をすーっと消してみると
ただ懐かしさだけが暮れ残っているようだ

いろいろと想いだすことはあるが
あったかもしれないことと
あったことはすべて
ひとつの終りに向かっている
それは　いつも

現在の中で感じうることだから

人生がもし一箇の果実ならば
完熟して一つの物語は完了する

もう　残り少ない時間の果汁を惜しみながら
こうして桃の実を食んでいると
ああ　この地球（ほし）も熟んでいるのだと分かる

それでも夢は
そのさきへゆこうとする
弥勒が暗示するように
通ったことの無い道を辿り
未だ開けたことの無い扉を開けて

どこか遠くへ
ゆこうとしているような気がする

きぬさやの

きぬさやのすじをひきながら
なぜかぼんやりと　きのうのこと
おとといのこと　そしてもっといぜんの
かなしみのようなものを
きぬさやのすじをひくようにひきあげている

けじめのないあけくれのそこには
このみにまつわるもうじゃたちが

いくそうにもすみついているので
けしてこどくではないのだけれどさみしい

いしきはみずのおもて
みずのひふのようなものだから
ふとしたかぜにもびんかんにゆれてしまう
ゆれるたびに　なぜとか　どうしてとか
しょせんこたえのない　とい　ばかりが
くちのはにあふれでて
もじずりそうのようによじれてしまう

とにかく　とくべつなことなど
ないほうがいいのだ

まひるのてんくうには　みえないけれど
はるのだいせいざがめぐっている
ひかりのはる　だというのに
ちじょうには
くらいはなしやできごとばかり
だから
いかなるぼたんにもさわりたくない

しずかに　こうして
きぬさやのすじをひいていると
しだいにいしきがおぼろげになり
はるのあわゆきのように
じぶんじしんが
とけてゆくようなきがする

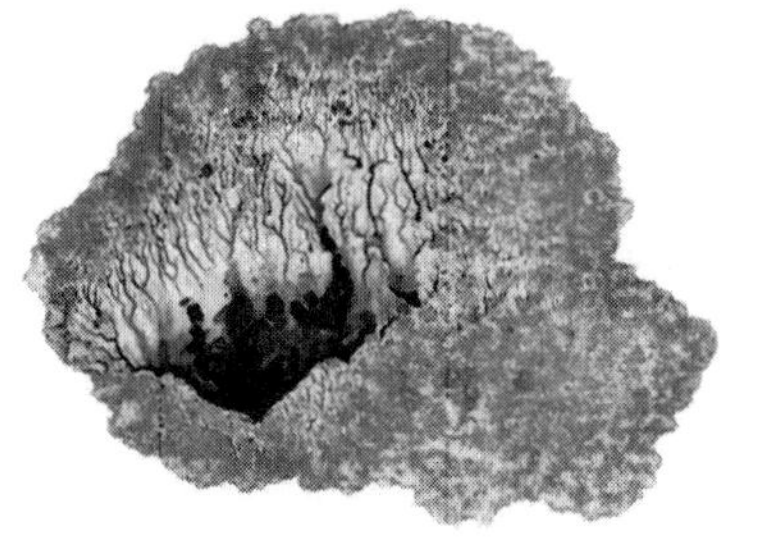

瀬織津姫

こんなにもはやいかわのせにいると
ながすひともながされてゆくひとも
けじめなくあらなみにまきこまれて
またたくまにみえなくなってしまう
とおいやまのうえからはこばれてきたごみも
たまもまがごともごちゃまぜになって
おおうなばらにのみこまれてゆく
そのうみのそこはじごく

おはらいですてられたこのよのけがれや
しぶといかくのはいきぶつや
なまごろしのゆめやきぼうもしずんでいて
そのさきにはもうさきがない
こんなにくさいあわをしぶいているのに
うけとめてくれるひとりのえいゆうも
あたらしいかみさまもいないのだ
もはやりんねもてんしょうもなく
おわりのないむみょうのやみに
こうしていきづいていると
はいきょのがれきのなかからよろよろと
たちあらわれるむすうのかげたち
ばらばらになったじぶんのほねをさがして
さまようさまがみえるのです

わたしはうんめいのせおりつひめ
やまのかみのしもべとしてかみよのだいから
はやいながれのせにすんで
ひさしくけがれをうみにはこんできたのだけれど
もうげんかいのぎりぎり
これいじょうみずにながせば
あのよさえもがけがれてしまう
きこえてくるのはみがってなおはらいの
のりとやいいわけのきべんばかり
ああまたしてもきこえてくる
ごうごうとだいちをゆるがす
つなみのようなどごうが

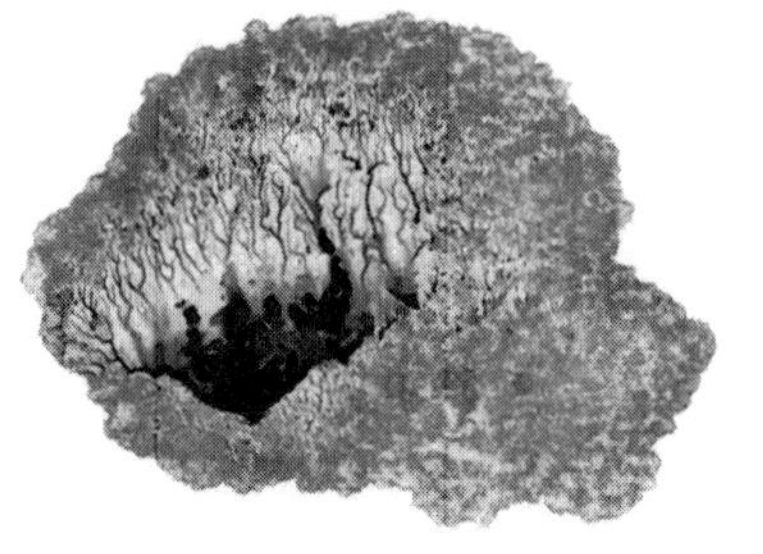

絶唱

なつのあさのめざめは
しののめのせみしぐれ
かなかな　かなかなかな
かなかな　かなかなかな
まだあけやらぬうっそうとしたもりの
くらやみをぬけておとずれるあさかぜ
ただいちどかぎりのいのちのおごりを
うすいはねをふるわせてうたう

かなかなのかなしさ
かなかな　かなかなかな
かなかな　かなかなかな
みみをすませばだいちのそこから
じーじーじーじーじーじーじー
じむしたちのねんぶつもきこえる

しょざいないこのみこそあまりもの
やがてきえてゆくまことのやみにむかって
どんなねんぶつをとなえればよいのか
あのなつのはいきょの
ぜつぼうのあなのなかから
はいだしてきたわたしたちせみはこのさき
どんなうたをうたえばよいのか

いまだきえやらぬ　はちがつのせんこう
きおくのけろいど
かりそめではありながらせんそうをまぬがれ
へいわにすぎたながいとしつき
かつてゆめにみたものはすべてここにあり
あることにもあきてしまったこのひごろ
たるんだにちじょうのあけくれ
おもえばおおかたはふざいのかなたにさり
きょうをあかるませている

しののめのせみしぐれふる
ただいちどかぎりのなつのあさを

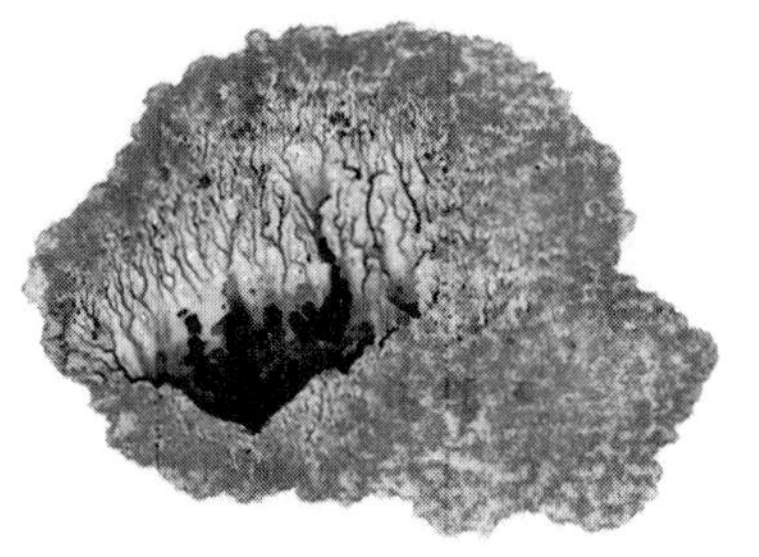

はる

長引く幽閉の日々の
うつうつとした内面の暗闇には
奇妙に光る黴のような白い花が咲いて
未来への予感は　何も見えません

枝を切られた桜は　キノコが生えて立ち枯れましたが
わたしはまだ辛うじて立っています

行きどころ無く地上をうねっている詩の毛根
結論として　一本の愛しいミモザの樹が倒れました
あの金色の希望はつぼみのままに

出口の見えない迷路のような庭ですが
これから生まれようとする何か
命のほてりがうずいているのを
昨日　確認しました

剪定したバラの枝のそこかしこ
ほら　あんなに恥ずかし気に紅色がさして

あとがき

詩集『水の声』（二〇〇九）を上梓して三年後、たぶんこれが最後になるだろうと思って出版した『望郷のバラード』から、何と十年余の歳月が流れている。

その間私の生活は、夫（日本画家、小林恒岳）の入退院や自宅看護の明け暮れが続き、自分のことはすべて後回しの暮らしだった。透析治療五年目にして、彼はついに他界した。八十五歳の初夏であった。

それからがまた大変だった。茨城県天心記念五浦美術館での約二か月にわたる遺作展、その後もかすみがうら市では二回もの特別記念展、そして土浦市での顕彰展と、コロナの最中にも拘わらず大きな展覧会が続いた。企画展の申し込みがあっても、家族でなければ分からないことが多く、遺されたものの整理だけでも気が遠くなるほどの仕事だった。未だに未整理の部分が残っており、粛々と片付けている。

同じく日本画家であった義父小林巣居人（新興美術院創立者）の遺作、遺品整理も、すべて嫁である私に委ねられているのだから、なおさら大変である。とにかく、筆一本で生き抜いた絵描きの裏方には、安心というものがない。日常はいつも戦場のようで、兵站部を担う妻の仕事は大変だった。生きるための仕事として、私が生涯、染色の仕事を手放さなかった理由はそこにある。

恒岳が去ってから六年目になる今年、樹木葬でお世話になった常陸出雲大社から届いた「令和五年　癸卯（みずのとう）年　御祝・厄年表」によると「昭和十一年　子　一白水星」は、米壽とあるではないか。未だ先のことと思っていたので、あらためて驚いている。

そんなこともあって、なおさらケジメのためにも、今度こそ最後の詩集を纏めねばと、年頭にあたって決心した次第である。

二〇二三（令和五年）如月

恋瀬の郷（膳棚庵）にて

硲　杏子

著者略歴

硲　杏子（はざま・きょうこ）（本名 小林志津江）

一九三六年　東京生まれ
一九四四年　茨城県龍ヶ崎市に疎開

詩集　一九六八年『終わりのない絵本』川田プリント
　　　一九七五年『鎮花抄』風濤社
　　　一九八一年『国境』沖積舎　一九八二年再版
　　　一九九〇年『愛の香辛料』国文社　茨城文学賞
　　　一九九三年『山家抄』国文社　茨城新聞社賞
　　　二〇〇〇年『水の惑星』国文社
　　　二〇〇九年『水の声』土曜美術社出版販売　第四三回日本詩人クラブ賞
　　　二〇一二年『望郷のバラード』茨城新聞社
　　　二〇二三年『残照・その後』土曜美術社出版販売

所属　日本現代詩人会 日本詩人クラブ 会員
　　詩誌「白亜紀」「アルケー」同人　茨城文芸協会 理事

現住所　〒三一五―〇一〇二　茨城県石岡市太田一四五一　小林方

詩集 残照・その後

発行 二〇二三年九月三十日

著者 硲 杏子

装丁 直井和夫

発行者 高木祐子

発行所 土曜美術社出版販売

〒162-0813 東京都新宿区東五軒町三―一〇

電話 〇三―五二二九―〇七三〇

FAX 〇三―五二二九―〇七三二

振替 〇〇一六〇―九―七五六九〇九

印刷・製本 モリモト印刷

ISBN978-4-8120-2784-4 C0092